Palabas que debemos aprender antes de leer

constructor

construyó

enorme

gigante

hojalata

materiales

reciclados

www.rourkeeducationalmedia.com

Edición: Luana K. Mitten
Ilustración: Robin Koontz
Composición y dirección de arte: Renee Brady
Traducción: Yanitzia Canetti
Adaptación, edición y producción de la versión en español de Cambridge BrickHouse, Inc.

Library of Congress Cataloging-in-Publication Data

Koontz, Robin
 Los tres pequeños recicladores / Robin Koontz.
    p. cm. -- (Little Birdie Books)
ISBN 978-1-61810-536-3 (soft cover - Spanish)
ISBN 978-1-63430-329-3 (hard cover - Spanish)
ISBN 978-1-62169-034-4 (e-Book - Spanish)
ISBN 978-1-61236-016-4 (soft cover - English)
ISBN 978-1-61741-812-9 (hard cover - English)
ISBN 978-1-61236-728-6 (e-Book - English)
Library of Congress Control Number: 2015944643

*Scan for Related Titles
and Teacher Resources*

Rourke Educational Media
Printed in the United States of America,
North Mankato, Minnesota

Also Available as:

rourkeeducationalmedia.com

customerservice@rourkeeducationalmedia.com • PO Box 643328 Vero Beach, Florida 32964

Los tres pequeños recicladores

escrito e ilustrado por

Robin Koontz

Cada uno de los tres cerditos
construyó una nueva casa. Ellos
usaron materiales reciclados.

El primer cerdito construyó una casa
con cajas de cartón.

El segundo cerdito construyó una casa con botellas de cristal.

El tercer cerdito construyó una casa
con latas. Las rellenó con arena y las
unió con pegamento.

PEGAMENTO

El día de la basura, Lobo Tatodo pasó
por allí en el camión gigante de basura.
—¡Vine a llevarme la basura! —gritó.

—¡Ay no! —lloró el cerdito de la casa de cartón.

¡Rrruuuuuum! El enorme camión retumbó y machacó.

En un ratito la casa de cartón desapareció. El primer cerdito corrió a la casa de cristal del segundo cerdito.

Lobo Tatodo siguió en su camión gigante de basura: —¡Vine a llevarme la basura! —gritó.

—¡Ay no! —lloraron los dos cerditos.

¡Rrruuuuuum! El enorme camión retumbó y machacó.

En un ratito la casa de cristal desapareció. Los dos cerditos corrieron a la casa de hojalata del tercer cerdito.

Lobo Tatodo siguió en su camión gigante de basura: —¡Vine a llevarme la basura! —gritó otra vez.

—¡Vaya! —dijo Lobo Tatodo—. ¡Tal vez deberías ser constructor de casas!

—Tienes un montón de basura —le dijo el cerdito.

¡Rrruuuuuum! El enorme camión retumbó y machacó, retumbó y machacó.

—¡Vaya! —dijo Lobo Tatodo—. ¡Tal vez deberías ser constructor de casas!

—Tienes un montón de basura —le dijo el cerdito.

—¡Detente! —gritó el tercer cerdito—. Esto no es basura. ¡Es mi casa!

Pero la casa de hojalata era demasiado dura de machacar.

18

¡Rrruuuuuum! El enorme camión retumbó y machacó, retumbó y machacó.

17

Acerca de la autora e ilustradora

A Robin Koontz le encanta escribir e ilustrar cuentos que hagan reír a los niños. Ella vive con su esposo y varios animales en las montañas de Coast Range, en el oeste de Oregón. Ella comparte su oficina con Jeep, su perro, quien le da gran parte de las ideas para escribir.

Podrías... preparar un espectáculo de títeres con los tres cerditos recicladores.

- Pídele a un amigo que haga el espectáculo contigo.

- Trabajen juntos para hacer los títeres.

- Determinen qué personajes hará cada uno durante la presentación.

- Reúnan o elaboren cualquier accesorio, como cajas de cartón o latas, que pudieran necesitar durante el espectáculo.

- Ensayen el espectáculo de títeres.

- Inviten a sus amigos y a su familia a ver el espectáculo.

Actividades después de la lectura

El cuento y tú...

¿Qué material utilizó cada cerdito para construir su casa?

¿Cuál era el trabajo del lobo en este cuento?

¿Reciclas algo?

¿Qué cosas se pueden reciclar? ¿Se puede construir algo con materiales reciclados?

Palabras que aprendiste...

¿Puedes encontrar una palabra compuesta? ¿Puedes encontrar dos palabras que signifiquen lo mismo.

Dos de estas palabras se parecen. ¿Cuál se refiere a una persona? ¿Cuál se refiere a una acción?

constructor	hojalata
construyó	materiales
enorme	reciclados
gigante	

Lobo Tatodo
inc.

Lobo Tatodo se despidió y se alejó
retumbando por el camino.
—¡Menos mal que se fue!
—dijeron los tres cerditos.